para Alicia y Marta en su segundo cumpleaños

Colección **libros para soñar**

© del texto y de las ilustraciones: Antonio Santos, 2003
© de esta edición: Kalandraka Ediciones Andalucía, 2004
Avión Cuatro Vientos 7, 41013 Sevilla
andalucia@kalandraka.com
www.kalandraka.com

Diseño: Isidro Ferrer
Impreso en Tilgráfica - Portugal

Primera edición: marzo, 2004
ISBN: 84.933755.0.0
DL: SE.1304.04

pancho

antonio santos

kalandraka

En la selva,

donde la hierba se viste de flores
y las mariposas vuelan,

nació Pancho, un lindo elefante gris.

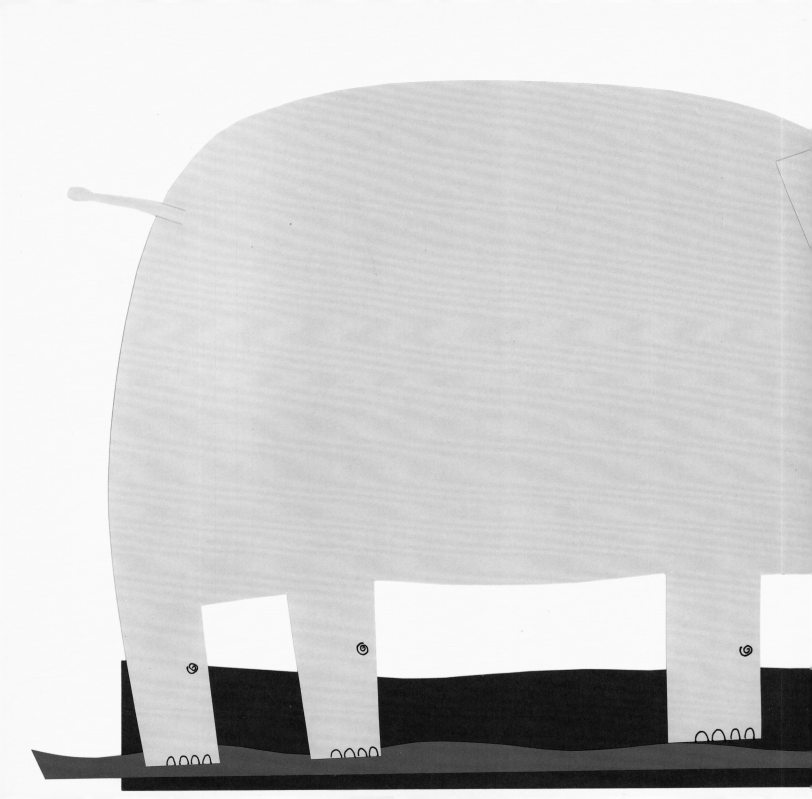

Pancho era
más pequeño que su madre

y mucho más pequeño
que su padre.

*A los pocos días de nacer
ya se había hecho amigo
del mono y del pájaro,*

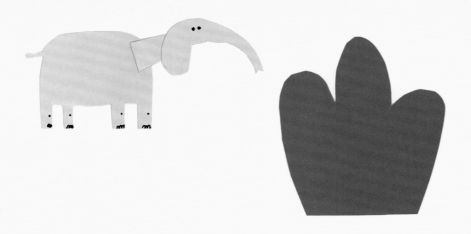

se escondía del león...

y, como su padre le había aconsejado,
se mantenía lo más lejos posible
del hombre.

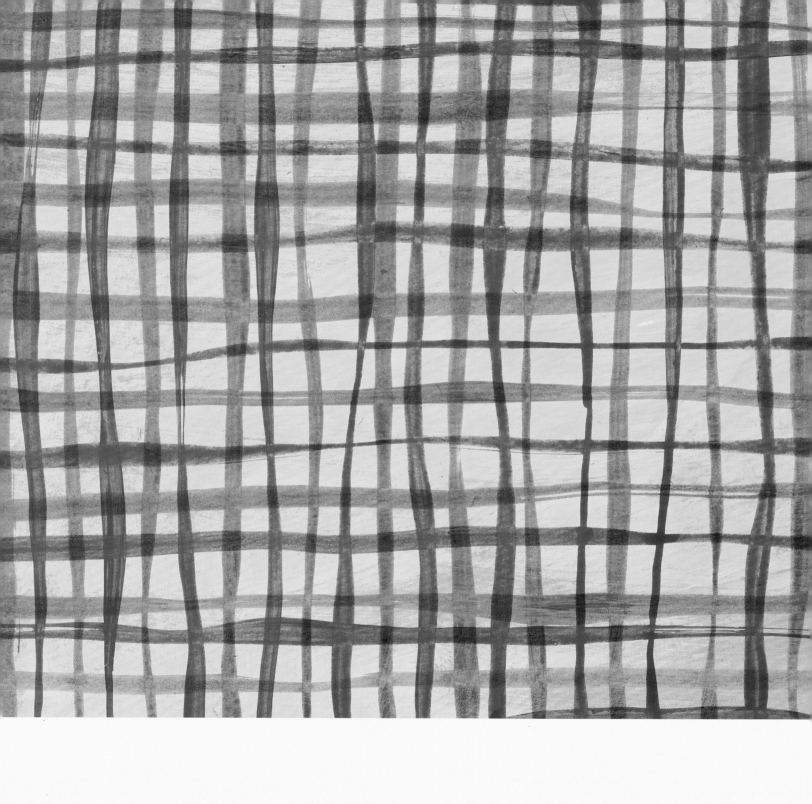

Pero los hombres tenían algo
que a Pancho le gustaba mucho:
una hermosa tela de cuadros.

Con aquella tela fabricaban capotas
para las camionetas,

hacían faldas,
pantalones...

¡Pancho suspiraba por aquella tela!

Su padre insistía:
¡Aléjate del hombre!

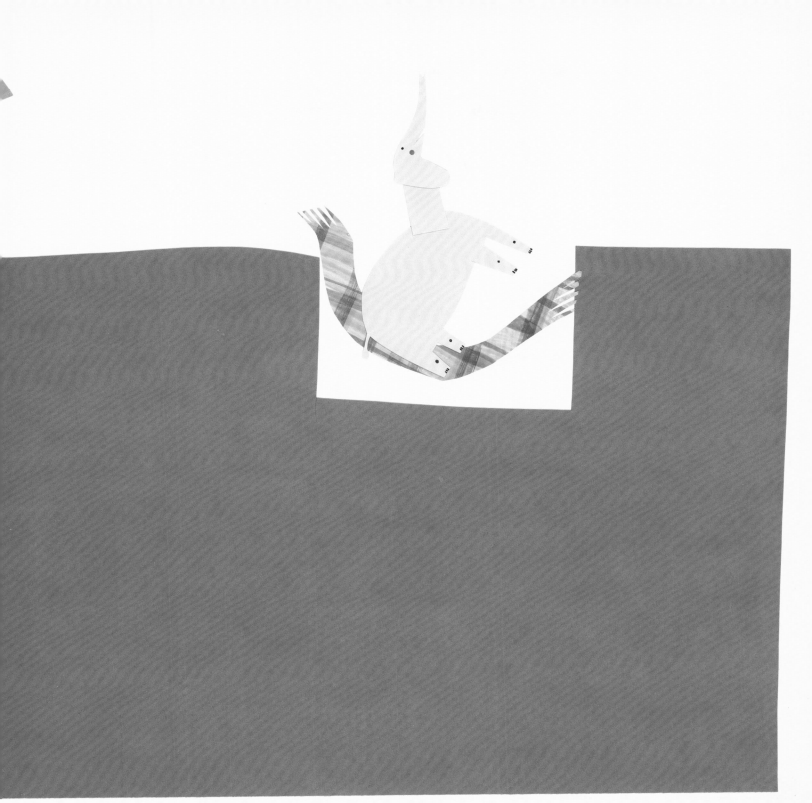

Ahora Pancho ya tiene su tela de cuadros.

Trabaja en un circo.

Duerme en una jaula.

*Y sueña con la selva
y con sus padres.*

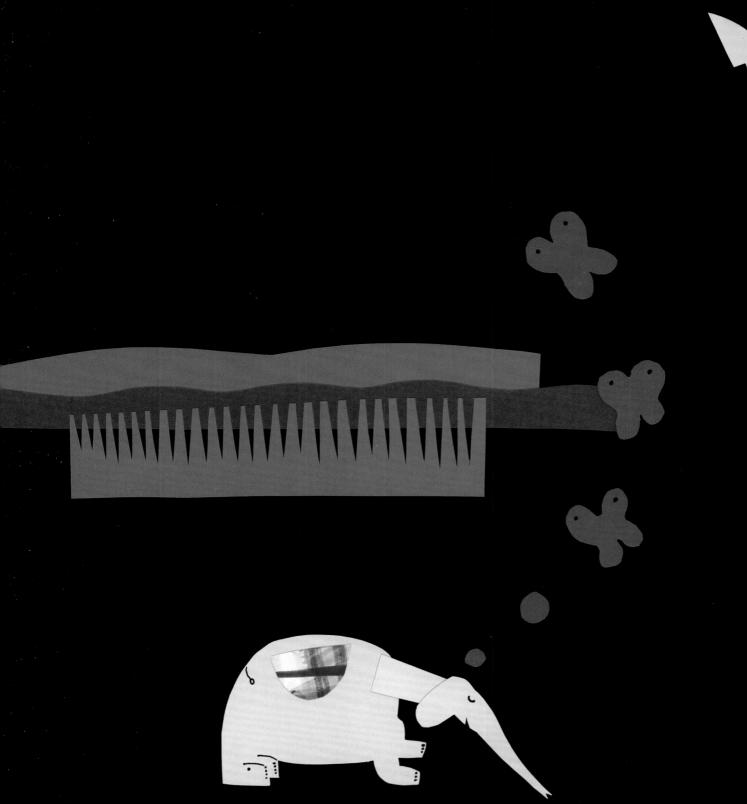

Casi fin...